Les Vrais Cochons

Les Éditions du Boréal reconnaissent l'aide financière
du gouvernement du Canada par l'entremise du Fonds
du livre du Canada (FLC) pour ses activités d'édition et remercient
le Conseil des Arts du Canada pour son soutien financier.

Les Éditions du Boréal sont inscrites au programme d'aide
aux entreprises du livre et de l'édition spécialisée de la SODEC
et bénéficient du programme de crédit d'impôt pour l'édition de livres
du gouvernement du Québec.

Dépôt légal : 4e trimestre 2010
Bibliothèque et Archives nationales du Québec

Diffusion au Canada : Dimedia
Diffusion et distribution en Europe : Volumen

Catalogage avant publication de Bibliothèque et Archives nationales du Québec et Bibliothèque et Archives Canada

Brière, Paule

Les vrais cochons

(Boréal Maboul)

(Les Enquêtes de Joséphine la Fouine ; 11)

Pour enfants de 6 ans et plus.

ISBN 978-2-7646-2048-9

I. Morin, Jean, 1959- . II. Titre. III. Collection : Brière, Paule. Enquêtes de Joséphine la fouine ; 11. IV. Collection : Boréal Maboul.

PS8553.R453V72 2010 jC843'.54 C2010-941089-0
PS9553.R453V72 2010

Les Enquêtes de Joséphine la Fouine 11

Les Vrais Cochons

texte de Paule Brière
illustrations de Jean Morin

Un mal qui répand la terreur,
Mais que le ciel en sa fureur
Inventa pour punir les crimes de la terre
[…]
Faisait aux animaux la guerre.

JEAN DE LA FONTAINE

1

Les animaux malades

Le matin se lève au village de Lafontaine. Ticoq grimpe sur le toit du poulailler, les yeux fermés. Il lance son cri habituel de réveille-matin :

— Coco-RIIIII-COCO !

Alors seulement, il ouvre les yeux. Si le soleil brille, il criera encore, jusqu'à ce que tous les animaux de la ferme lui disent de la fermer. Mais ce matin, ça sent la pluie, et on se gèle les plumes. Alors, Ticoq préfère retourner se coucher. En rentrant dans le poulailler, il s'étrangle de surprise :

— Que-que-que se passe-t-il ?

Le premier cri du coq n'avait réveillé personne, celui-ci ranime les poules. Elles ouvrent les yeux et se mettent à crier elles aussi en se voyant les unes les autres. Elles sont couvertes de gros boutons rouges !

Le coq sort aussitôt du poulailler pour aller tirer la fermière et le fermier du sommeil. Mais il se rappelle soudain que les maîtres sont partis en ville pour quelques jours.

C'est tant mieux, car ces deux pourris ne dépenseraient pas un sou pour soigner leurs animaux. Ils leur tordraient le cou avant d'aller les vendre au marché. Et tant pis si les gens s'empoisonnent à manger des poulets malades !

Ticoq part donc chercher le vétérinaire. En traversant la ferme, il découvre que tous les animaux sont malades, pleins de boutons de toutes les couleurs de l'arc-en ciel !

Vava, la vache aux boutons verts, lance :

— Coq de malheur, tu répands la maladie de tes poules !

— Co-co-comment ça ? Sûrement pas ! C'est plutôt la faute aux co-co-cochons...

Coco et Chonchon, couverts de boutons bleus, s'écrient :

— Honk ! On n'a rien fait !

— On va tous crever pour rien ! Honk !

Le petit Vovo braille aussitôt :

— Maman Vava, veux pas quever !

C'est ainsi que, ce matin-là, quelques minutes après le lever du soleil, Ticoq quitte une ferme en pleine révolution. Il est si énervé qu'il n'arrête pas de hoqueter :

— Coc-coc-coc-RIIIII ! Kèk-kèk-kèk-HIIIII !

Le vétérinaire l'entend arriver de loin.

— Alors, Ticoq, tu as un vilain hoquet ce matin ?

— T'occu-cu-cupe pas de mon hoc-hoc-hoquet, véto. Regarde plutôt mes boutons. Même ma belle crête en est toute ca-ca-cabossée.

— Qu'as-tu mangé, gourmand ?

Le coq est fâché de tant d'insouciance chez un homme de science.

— Tu sauras, véto à la noix, que-que-que tous les animaux de la ferme sont cou-cou-couverts de boutons de toutes les cou-cou-couleurs.

— Oh ! voilà qui est plus sérieux qu'un petit hoquet matinal. Allons-y voir.

Le vétérinaire attrape son stéthoscope et son microscope, ses bouteilles de médicaments et ses boîtes de pansements, ses éprouvettes, son abaisse-langue et ses seringues petites et grandes. Puis il emboîte le pas au coq, direction la ferme.

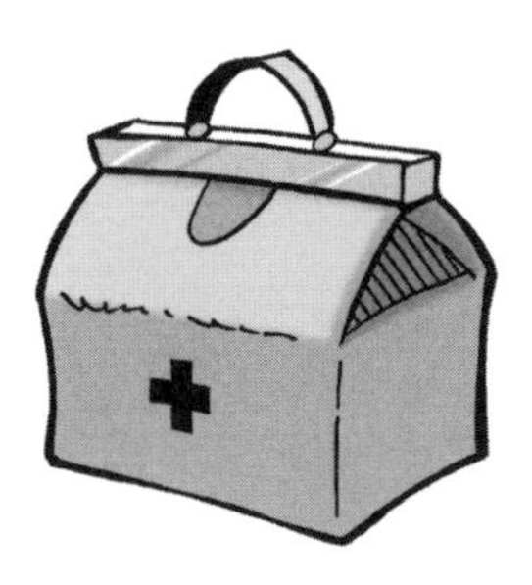

2

Malades de quoi ?

Plus il se rapproche de la ferme, plus Ticoq s'inquiète. Lorsqu'il est parti, l'air vibrait de cris affolés et de gros mots dans toutes les langues animales. Maintenant, on n'entend plus qu'un silence de mort ! Les animaux se sont-ils accusés, attaqués, entretués ? La révolution a-t-elle dégénéré en guerre mondiale ? Ce serait bien humain ! À moins que la maladie ne les ait tous foudroyés en moins d'une heure ? Ticoq tente de voler. Le vétérinaire se met à courir.

Ouf ! les animaux sont seulement épuisés. Ce n'est pas une bonne idée de gaspiller son énergie à se chicaner quand on est malade ! Les animaux l'ont compris, ils sont retournés bouder chacun dans son coin. Le vétérinaire profite du calme pour examiner tous ses malades et leur administrer piqûres et potions. Le petit Vovo pleurniche en voyant la seringue viser sa fesse.

— Maman Vava, veux pas piquouze !

C'est à peine si la vache le rassure d'une petite léchouille sur le museau. Elle n'a pas l'énergie d'en faire plus.

En entrant dans le poulailler, Ticoq s'effondre. Il n'a pas gaspillé son énergie en chicanes inutiles, il l'a dépensée à courir chercher du secours. Nettement plus utile, mais

tout aussi épuisant. Avant de sombrer dans le sommeil, il demande au vétérinaire :

— Co-co-comment se fait-il qu'on-qu'on-qu'on soit tous malades ici ? Il faut trouver la cau-cau-cause.

Le médecin des animaux réfléchit tout haut :

— Épidémie ? Empoisonnement ? Je vais faire des analyses…

Pendant que les animaux roupillent, ronflent et rechargent leurs batteries, le vétérinaire s'active. Il fait des prélèvements de salive, d'urine et de sang sur chacun des animaux. Dans son microscope, il voit plein d'anticorps combattant la maladie, mais il n'observe ni virus H1N1, ni microbe R2D2, ni bactérie XYZ3000. Il examine aussi l'eau du puits et la

terre du pré. Il découvre alors une vraie soupe de pollution, grouillante de molécules chimiques toxiques.

Le vétérinaire a trouvé la réponse à la question de Ticoq : les animaux sont empoisonnés par la pollution. Mais, comme souvent en science, la réponse cache une autre question : d'où vient cette pollution ?

— Je suis vétérinaire, pas enquêteur. Je peux identifier la cause d'une maladie et soigner les malades. Mais pour trouver la cause de cette pollution, j'ai besoin de l'aide d'un vrai détective.

Aussitôt, le vétérinaire appelle la meilleure détective en ville, à la campagne et en montagne…

3

Bande de cochons !

— Joséphine la Fouine, pour vous servir, messieurs dames !

Les présentations faites, la célèbre détective se met au boulot sans perdre une minute. Le vétérinaire tente de lui expliquer la situation :

— Ce matin, commence-t-il, Ticoq a grimpé sur le toit du poulailler sans même ouvrir les yeux. Il a lancé son cri habituel de réveille-matin : COCO-RIIIII-COCO !

— Ah non ! s'impatiente Joséphine, c'est bien trop long. Laissez-moi travailler, je n'ai pas de temps à perdre. Allez, dégagez.

Elle écarte le vétérinaire d'une patte autoritaire pour aller inspecter ses éprouvettes.

— Pouache ! Ça pue, ces machins ! Jetez-moi ça aux égouts !

— NON ! s'écrie le vétérinaire. Ce concentré de pollution contaminerait toute la région.

Il oblige alors la détective à l'écouter. Il lui explique la maladie des animaux, la révolution à la ferme, l'appel au secours de Ticoq, les analyses et les éprouvettes.

— Maintenant, ajoute-t-il, votre travail est de trouver la source de cette pollution pour l'arrêter.

— Arrêter la pollution ? s'étonne Joséphine. J'ai déjà arrêté un zèbre voleur, un lièvre dopé, un loup menteur, un chat sournois, une mouche fatigante et j'en passe. Mais arrêter la pollution, voilà sûrement le plus grand défi de ma carrière de détective !

Joséphine la Fouine sort son stylo et son précieux calepin pour y inscrire la liste des suspects.

— Messieurs les porcs ! appelle-t-elle bien fort.

Plus bas, elle dit au vétérinaire :

— Vous avez de la chance, seuls les meilleurs détectives savent que les porcs sont de vrais cochons. Là où il y a des cochons, il y a des cochonneries. Qui dit cochonnerie dit pollution. Et pollution égale coupable. CQFD. C'est un code secret pour dire : Ce Qu'il Fallait Démontrer. La preuve, quoi !

— Euh…, hésite le vétérinaire, pas du tout convaincu par le raisonnement de la fouine.

Lui croit plutôt que, pour démontrer la culpabilité des porcs, il faudrait analyser leurs déjections, autrement dit leurs cacas. Il faudrait y trouver les mêmes molécules de pollution que dans l'eau et la terre.

Mais Joséphine ne lui demande pas son avis. Elle mène l'enquête à sa manière et appelle donc les porcs encore une fois.

Ils arrivent en traînant les pattes et en grognant d'un air mauvais.

— Gronk ! Pourquoi nous dérangez-vous ? fait Coco.

— Ouais, pourquoi vous nous dérangez ? Gronk ! dit Chonchon.

Mais il en faut plus pour impressionner la meilleure détective en ville. Elle les accueille d'un sympathique et chaleureux :

— AVOUEZ !

Encore à moitié endormis un instant plus tôt, les cochons se réveillent aussi sec. Leurs yeux s'arrondissent, leurs oreilles claquent, leurs queues tirebouchonnent comme des ressorts.

— Qu'est-ce qu'on pourrait bien avouer ? T'as une idée, Coco ?

La détective ajoute, toujours aussi gentiment :

— Bande de cochons, c'est vous qui polluez la ferme !

— C'est quoi, cette histoire ? Tu le sais, Chonchon ?

On pourrait penser que les deux cochons se moquent de Joséphine, mais non. Ils dormaient comme des pierres. Ils n'ont rien su des analyses du vétérinaire.

Joséphine met les cochons en garde :

— N'essayez pas de jouer les innocents. Ça ne prend pas avec la meilleure des détectives. Je sais que c'est vous, les cochons.

— Et alors ? répond Coco. Moi, je sais que les poules sont des poules !

— Tut, tut, tut, le coupe Joséphine. N'essayez pas de jouer les fins finauds, ça ne prend pas non plus. Les cochons font de la pollution, point final.

Le vétérinaire explique que la pollution est surtout causée par les humains et leurs machines, mais la fouine préfère explorer la ferme pour repérer les cochonneries.

— Qui a laissé déborder cette poubelle ? demande-t-elle en pointant la soue des cochons.

— Eh, Chonchon ! Tu vois une poubelle débordante, toi ?

— Non, Coco. Je vois une résidence accueillante, moi !

Joséphine la Fouine continue sa recherche.

— Qui a ramassé ce tas de paille moisie ? Qui a entassé ce paquet de bois brûlé ? Qui a fait couler ces pots de peinture ? Qui a laissé s'envoler ces sacs de plastique, ces boîtes de pizza, ces bouteilles de bière et ces papiers gras ?

À chaque accusation, les cochons se font moins fanfarons. Leurs têtes baissent, leurs oreilles se ratatinent, leurs queues ramollissent. Ils avouent :

— D'accord, on est un peu cochons sur les bords, hein, Coco ?

— On n'aime pas trop faire le ménage, c'est vrai, Chonchon.

— Mais il n'y a rien de nouveau là-dedans, hein, Coco ?

— Non, nos cochonneries n'ont jamais tué personne, Chonchon.

Le vétérinaire reconnaît que ces deux porcs ne sont pas plus sales que les autres représentants de leur espèce.

La différence, c'est que les autres fermiers se donnent la peine de nettoyer : ils ne laissent pas les cochons tout cochonner. Cela peut entraîner une pollution dangereuse pour la santé.

— Messieurs les porcs, s'exclame Joséphine, vous allez nettoyer votre porcherie et toutes vos cochonneries.

Des grognements indignés se font entendre :

— GRONK ! GRONK !

— J'ai dit : nettoyez vos cochonneries, répète Joséphine. Si la maladie se poursuit, vous êtes innocents. Si la maladie s'enfuit, vous êtes coupables. CQFD !

Les deux compères n'ont pas le choix, ils se mettent au travail. Quelques centaines de coups de balai, de pelle et de poubelle plus tard, la ferme brille de propreté. Coco et Chonchon sont fiers de leur beau nettoyage, mais ils sont si épuisés qu'ils tombent aussitôt endormis. Ce n'est pas une bonne idée de faire le grand ménage quand on est malade !

Le lendemain matin, Ticoq lance son habituel « coco-RIIIII-coco » à moitié endormi. Le vétérinaire se lève, examine les animaux et s'aperçoit vite qu'ils sont encore malades.

La détective déclare donc les cochons innocents, et elle raye leurs noms de la liste des suspects.

— Au suivant !

4

Ah, la vache !

Soudain, tous les animaux de la ferme ont quelque chose de très urgent à régler.

Les poules disent :

— C'est l'heure de notre cours de danse à claquettes !

La vache appelle son petit :

— Vovo, dépêche-toi, on s'en va chez Papa Toto !

Joséphine décide de rendre visite au taureau elle aussi. La voilà traversant le champ à grands pas derrière Vava et Vovo, qui gambadent devant. De plus en plus loin devant.

— Ah ! ah ! s'exclame la détective, vous essayez de vous sauver de moi ! Intéressant, ça...

Pour ne pas perdre les suspects, Joséphine garde les yeux sur eux, comme un lion fixe sa proie. Mais quand on regarde au loin, on ne voit pas bien juste devant soi. C'est pourquoi la grande détective met soudain les pattes dans un tas mou, chaud et puant : PLOUTCH ! PLATCH !

— Pouah ! Qu'est-ce que c'est que ça ? s'écrie-t-elle, indignée.

Les cochons, qui suivaient la fouine par curiosité, reniflent le tas.

— Ça ressemble à un tas de pollution. Qu'en dis-tu, Coco ?

— D'accord avec toi, Chonchon. Un gros tas de pollution bien gras.

Et les deux compères éclatent de rire :

— Ronk ! Ronk ! Ronk !

Joséphine laisse exploser sa colère :

— Bande de cochons ! Je vais faire analyser ce gros tas de pollution. Si c'est vous qui l'avez placé sur mon chemin, je vous le ferai manger tout rond !

La détective fouille dans ses poches et en sort deux paires de pinces. Elle en place une sur le bout de son museau. Avec l'autre, elle prélève un peu du tas puant. Elle retourne alors voir le vétérinaire. Il place l'échantillon dans son microscope, approche son œil de la lentille et annonce :

— Bouse de vache.

— Quelle enquête vite faite ! se réjouit-elle enfin. Il ne me reste plus qu'à mettre la patte au collet de la coupable.

Le vétérinaire s'étonne :

— Coupable de quoi, de faire caca ?

Joséphine tente de se défendre :

— Cette bouse est puante et salissante, donc elle est polluante. C'est la vache qui l'a faite, donc la vache pollue, donc elle est coupable. CQFD !

Celle-ci revient justement de sa promenade à travers champs avec sa petite famille.

— C'est de moi que vous causez comme ça, ma p'tite dame ? demande-t-elle en posant son gros museau sur l'épaule de Joséphine.

La fouine ne prend même pas la peine de se retourner pour répondre :

— Au nom de la loi…

Mais c'est la vache qui l'arrête :

— Avant de dire des gros mots, écoutez donc mon petit ami ici présent.

Cette fois, Joséphine se retourne, bien décidée à sermonner cette vache aussi insolente que polluante. Mais le regard furieux du « petit ami » la fait soudain hésiter. Elle décide d'écouter le taureau.

— Apprenez que la bouse de vache est naturelle. Elle reste dans les champs. Elle sèche au soleil et disparaît dans la terre. Ce n'est pas de la pollution, c'est de l'engrais biologique. Elle ne cause pas de maladie, elle ne fait de mal à personne.

— Tant qu'on ne met pas la patte dedans ! s'esclaffe Coco.

— Les deux pattes dedans ! renchérit Chonchon.

— Ronk ! Ronk ! Ronk !

Joséphine jette un regard noir aux cochons, mais elle ne prend pas le risque de les chicaner. Ils ont l'air plutôt copains avec Toto le taureau. Et pas question de contredire ce « petit ami » de 300 kilos, sans compter les cornes. Elle raye donc le nom de la vache de sa liste de suspects.

5

Quelle ânerie !

Joséphine la Fouine hésite. De quel côté doit-elle chercher son troisième suspect ? Soudain, elle entend un drôle de bruit :

— Han-hi !

— Qui se cache dans l'écurie ? Sortez, vous êtes cerné !

Le vétérinaire s'approche pour expliquer :

— C'est Henri, l'âne qui parle à l'envers.

— Voilà qui est suspect, constate Joséphine.

À la porte de l'écurie, la détective et le vétérinaire voient tout de suite que l'âne ne va vraiment pas bien. Non seulement il est couvert de boutons jaunes, mais en plus il pleure comme une pluie d'automne et il tremble comme une feuille au vent d'hiver.

Le vétérinaire dit :

— Henri semble plus malade que les autres animaux. Il a sans doute été plus exposé à la pollution.

— Ah ! ah ! se félicite la détective. Plus exposé parce que plus coupable, sûrement. Alors, qu'avez-vous à dire pour votre défense, monsieur Nela ?

— En-ri, répond l'âne entre deux sanglots.

— Vous vous nommez Henri, je sais, s'impatiente Joséphine. Je vous ai appelé Nela, comme « l'âne » à l'envers. Alors, qu'avez-vous à dire ?

Le vétérinaire, qui a l'habitude, traduit :

— Il ne dit pas « Henri », il dit « rien », mais à l'envers.

La détective est étonnée. Un suspect qui n'essaie même pas de se défendre, c'est la première fois qu'elle rencontre ça !

— Alors, c'est vous qui polluez la ferme ?

— Iouououou, répond l'âne en sanglotant de plus belle.

Joséphine jette un coup d'œil interrogateur au vétérinaire-traducteur.

— « Iou » égale « oui », répond-il. C'est bien lui qui pollue. Mais je ne vois pas comment. Explique-toi, Henri, c'est grave, ce que tu dis.

— Erhi, aij tépé dans la ièreriv.

Aïe ! Cette phrase n'est pas facile à traduire. Joséphine s'énerve :

— Répétez mot à mot.

L'âne obéit :

— Erhi...

Le vétérinaire traduit :

— Hier...

L'âne :

— Aij...

Le vétérinaire :

— J'ai...

L'âne :

— Tépé...

Joséphine s'écrie, toute fière :

— Pété ! Hier, j'ai pété !

— Ronk ! Ronk ! Ronk ! s'esclaffent Coco et Chonchon.

La fouine s'aperçoit qu'elle vient de dire une grossièreté. Elle tente de corriger le tir :

— C'est pas moi, c'est lui !

Les cochons pètent en chœur en se pointant l'un l'autre :

— C'est pas moi, c'est lui ! Ronk ! Ronk ! Ronk !

— Continuons, suggère le vétérinaire en faisant les gros yeux aux cochons.

L'âne répète :

— Erhi, aij tépé dans la ièreriv.

Le vétérinaire se concentre un moment en fronçant les sourcils. Tout à coup, il lève les yeux et s'exclame :

— Il a pété dans la rivière !

— Quel cochon ! s'écrie Chonchon.

— Quel chonco ! s'exclame Coco.

— Qu'on-qu'on-qu'on zigouille ce pollueur ! s'indignent les poules.

Heureusement, Joséphine la Fouine s'interpose.

— Pas si vite. L'âne est suspect, d'accord. Mais c'est à moi de décider s'il est vraiment coupable. Toutes les cochonneries dans lesquelles vous pataugez finissent sûrement par atteindre la rivière. Même chose pour les bouses de vache et les crottes de poule.

Le vétérinaire approuve :

— C'est vrai que cette ferme est mal tenue. Les fermiers sont toujours absents, ils négligent leurs bêtes et leurs champs.

— Les voici justement, annonce Coco.

— Justement les voilà, ajoute Chonchon.

6

Fermiers affairés

Joséphine regarde vers la route, pensant voir approcher un vieux camion rouillé et cabossé. Pas du tout ! C'est un gros véhicule de luxe qui s'arrête au milieu de la ferme. L'homme et la femme qui en sortent n'ont pas l'air de pauvres fermiers. On dirait plutôt des gens d'affaires prospères. Et pas contents !

Sans remarquer la présence de Joséphine ni la maladie des animaux, le fermier d'affaires se dirige vers le vétérinaire.

— Que faites-vous ici, espèce de médecin manqué ?

— Vos animaux sont malades, espèce de fermier raté !

— Et alors ? On ne vous a pas sonné, on ne va sûrement pas vous payer !

La fermière d'affaires interrompt cette conversation si amicale :

— Regarde, chéri, comme nos cochons sont mignons en rose à pois bleus. Ils gagneront sûrement un prix à la foire agricole.

— Hé ! se réjouit soudain le monsieur. Ça nous fera du fric !

— Et la vache à taches vertes, ajoute la dame, on dira que c'est une nouvelle race biologique.

— Hé ! hé ! un gros paquet de fric !

Puisque les fermiers affairés n'ont pas remarqué sa présence, Joséphine en profite pour inspecter la cargaison à l'arrière de leur

véhicule. Ce qu'elle y trouve est intéressant, très intéressant. Elle plonge la patte dans sa poche pour vérifier quelque chose d'important. Rassurée, elle revient vers le couple.

— Joséphine la Fouine, se présente-t-elle. La meilleure détective en ville, à la campagne et en montagne.

La femme et l'homme la dévisagent, l'air méfiant et calculateur. Ils semblent se demander s'ils peuvent tirer de l'argent de cette drôle de bête ou s'ils doivent la chasser comme un cambrioleur. Avant qu'ils ne se décident, Joséphine dit :

— Puis-je avoir l'honneur de vous serrer la main, chers amis ?

Flatté par tant d'égards, le fermier tend la main sans réfléchir. Aussitôt, la détective sort la patte qu'elle gardait dans sa poche et CLIC ! CLAC ! ses menottes emprisonnent le poignet du fermier.

— Au nom de la loi, je vous arrête, lance Joséphine la Fouine.

Mais l'homme se débat et hurle :

— Pour qui vous prenez-vous ? Espèce de fouine à chapeau ! Bête détective à poils ! Chérie, appelle notre avocat, notre banquier, notre député !

La fermière a à peine le temps d'attraper son téléphone que Joséphine l'attache avec une deuxième paire de menottes. Puis, elle bâillonne les deux énergumènes et les enferme dans leur véhicule. Au téléphone, la fermière ne peut que marmonner : « Au fehouw ! »

Le vétérinaire appelle au secours, lui aussi. Mais lui parle bien clairement dans son téléphone, et la police des humains reçoit son message cinq sur cinq.

La détective peut maintenant exposer calmement ses conclusions aux animaux rassemblés.

— Je me suis vite doutée que vos saletés n'étaient pas en cause.

— « Vite », c'est vous qui le dites, se moque Coco.

— Votre ferme est mal tenue, poursuit Joséphine, mais c'est la faute de ces faux fermiers avides et paresseux, qui ne pensent qu'à faire de l'argent.

— Ronk ! Ronk ! Vous voyez, ce sont eux, les vrais cochons ! rigole Chonchon.

— Ils auraient dû travailler à vous soigner et à nourrir votre terre comme le font tous les bons agriculteurs. Ils ont préféré vous négliger et tout empoisonner.

D’un geste théâtral, la détective dévoile ce qui se trouve à l’arrière du véhicule.

— Et en voici la preuve !

Trois barils sont entassés dans le coffre. On y voit des étiquettes avec des têtes de mort et les mots DANGER et POISON écrits en grosses lettres.

Le vétérinaire se précipite pour lire ce qui est inscrit en lettres beaucoup plus petites.

— Semences génétiquement modifiées, engrais chimiques et pesticides toxiques, le trio d'enfer ! Un mélange interdit par la loi !

La détective lui conseille :

— Comparez le contenu de vos éprouvettes avec celui de ces barils. Vous trouverez sans doute les mêmes ingrédients. Ces tonneaux de poison ne sont sûrement pas les premiers à entrer ici.

— Avec la liste des ingrédients, je trouverai facilement un contrepoison, assure le vétérinaire.

Tous les animaux applaudissent. Maintenant qu'ils connaissent la cause de leur mal et qu'ils savent qu'ils auront bientôt un remède, ils se sentent déjà à demi guéris. Au loin, on entend les sirènes des voitures de police. Les véritables suspects seront bientôt conduits au poste.

— Et voilà, conclut Joséphine. C'est ainsi que se termine une autre enquête de Joséphine la Fouine, la meilleure détective en ville, à la campagne et en montagne. Pour vous servir, messieurs dames !

— Honk ! Attendez, l'arrête Coco. Nous avons un petit cadeau…

— … pour vous remercier, poursuit Chonchon. Du cirage bio-fermier pour vos beaux souliers !

L'énigme de Joséphine

Où les fermiers ont-ils jeté les barils de poison vides, et qui les trouvera ? Exerce tes talents de détective et aide Joséphine la Fouine à résoudre cette énigme.

Lieux suspects

Dans la poubelle

Au fond du puits

Chez le voisin

Dans le fossé

Indices

Les barils sont restés à la ferme.

Les barils ne seront pas ramassés.

Les barils sont mouillés.

Les barils sont cachés profondément.

Solution : _ _ _ _ _ _ _

Tu sais maintenant où sont les barils vides. Prononce chaque mot de cette phrase à l'envers pour savoir qui les trouvera.

Zoloi veilleré-tinma chépèr sur le watou du yélapou raver les ribas.

Réponse : L'oiseau réveille-matin perché sur le toit du poulailler verra les barils, cachés au fond du puits.

C'est quoi, Maboul ?

Quand tu commences à lire, c'est parfois difficile.

Avec **Boréal Maboul,** ça devient facile.

- Tu choisis les séries qui te plaisent.
- Tu retrouves tes héros favoris.
- Les histoires sont captivantes.
- Les chapitres sont courts.
- Les mots et les phrases sont simples.
- Les illustrations t'aident à bien comprendre l'histoire.

Les Éditions du Boréal
4447, rue Saint-Denis
Montréal (Québec) H2J 2L2
www.editionsboreal.qc.ca

MISE EN PAGES ET TYPOGRAPHIE :
LES ÉDITIONS DU BORÉAL

ACHEVÉ D'IMPRIMER EN SEPTEMBRE 2010
SUR LES PRESSES DE TRANSCONTINENTAL MÉTROLITHO
À SHERBROOKE (QUÉBEC).